PASSELIVRE

a fala da cor na dança do beija-flor

Assis Brasil

IBEP

© Companhia Editora Nacional, 2005.
© IBEP, 2012

Presidente	Jorge A. M. Yunes
Diretor superintendente	Jorge Yunes
Diretora editorial	Beatriz Yunes Guarita
Gerente editorial	Antonio Nicolau Youssef
Editora	Sandra Almeida
Assistente editorial	Giovana Umbuzeiro Valent
Revisores	Edgar Costa Silva
	Fernando Mauro S. Pires
	Giorgio O. Cappelli
Editora de arte	Sabrina Lofti Hollo
Assistentes de arte	Claudia Albuquerque
	Priscila Zenari
Produtora gráica	Lisete Rotenberg Levinbook
Ilustradores	Carlos Roberto de Carvalho
	Eduardo Carlos Pereira

CIP-BRASIL. CATALOGAÇÃO-NA-FONTE
SINDICATO NACIONAL DOS EDITORES DE LIVROS, RJ

B83f

Brasil, Assis, 1932-
   A fala da cor na dança do beija-Flor / Assis Brasil ; ilustradores Carlos Roberto de Carvalho, Eduardo Carlos Pereira. - São Paulo : IBEP, 2012.
   il.   (PasseLivre)

   ISBN 978-85-342-3489-4

   1. Literatura infantojuvenil brasileira. I. Carvalho, Carlos Roberto de, 1947-. II. Pereira, Eduardo Carlos, 1947- III. Título. IV. Série.

12-6922.	CDD: 028.5
	CDU: 087.5
21.09.12 10.10.12	039391

1ª edição – São Paulo – 2012
Todos os direitos reservados

COM A NOVA ORTOGRAFIA DA LÍNGUA PORTUGUESA

Av. Alexandre Mackenzie, 619 – CEP 05322-000 – Jaguaré
São Paulo – SP – Brasil – Tels.: (11) 2799-7799
www.editoraibep.com.br – editoras@ibep-nacional.com.br

a fala da cor na dança do beija-flor

Na infância o que vale e fica, o que pega e estica são as amáveis lembranças, são os ternos sentimentos vividos e sentidos; daí por que nunca pude me esquecer dos passarinhos, das nossas conversas nas matas e no fundo do quintal.

Paulo Dantas

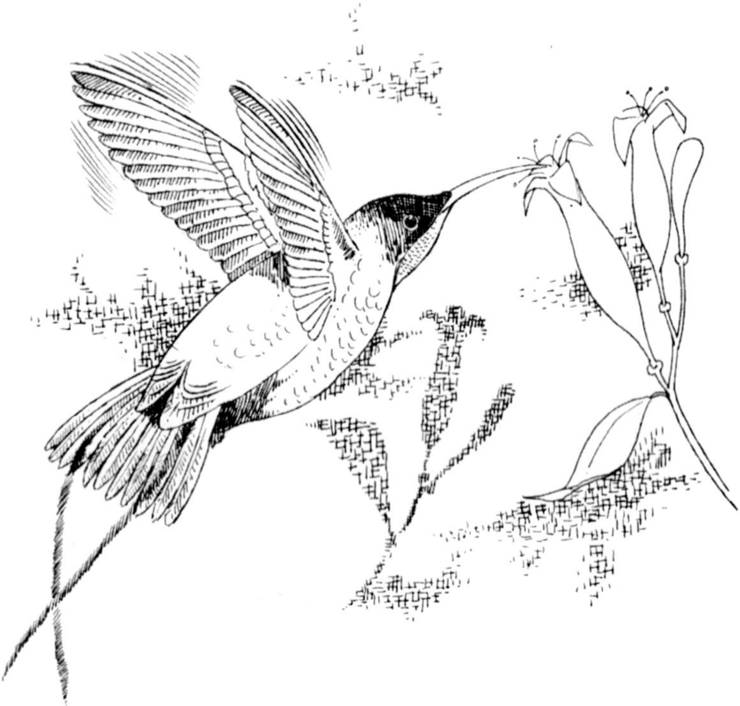

1

– O beija-flor é um pássaro que não canta – disse o velho. – Toda a sua beleza, todo o seu encanto, estão nas asas e penas, na sua cor, no seu voo, ora rápido como uma flecha, ora sereno, ora bailando como um bailarino. Às vezes fica parado no ar como se fosse um pequenino helicóptero. E deve ter sido do seu voo que o homem, bicho imitativo, tirou a ideia para aquela máquina de voar.

Quando o beija-flor quer *falar* com a sua família, com os seus companheiros, *fala* é através dos movimentos do seu voo, tão variados como são as cores do arco-íris. Então, movimento e cor formam uma espécie de alfabeto que, traduzido na *língua* do beija-flor, diz tudo o que ele quer dizer. Você sabia disso, Julinho?

– Não sabia, não, vovô – respondeu o menino.

Julinho, toda vez que ia passar as férias escolares no sítio do seu avô, seu José Onório, ficava encantado com os pássaros que viviam por lá, cantando em liberdade, fazendo os ninhos nas árvores mais próximas da casa.

O velho sempre lhe dizia:

– Julinho, nunca prenda um passarinho, nunca tire a sua liberdade. Eles são bonitos é voando livres em todo este espaço que Deus lhes deu, fazendo os seus ninhos e criando seus filhotes. Uma gaiola é como uma prisão que prende um inocente.

Julinho sabia agora que os pássaros eram presos por gente sem amor e vendidos em gaiolas nas feiras e mercados. Gente egoísta, que só queria ganhar dinheiro à custa de qualquer coisa. E ganhar dinheiro à custa de passarinhos era o maior pecado cometido contra a natureza e contra Deus.

Ele mesmo, quando era menorzinho, teve vontade de possuir os seus próprios passarinhos engaiolados, mas cedo aprendeu com o avô que prender os pássaros era quase o mesmo que condená-los à morte. Embora alguns às vezes não aparentassem tristeza no cativeiro, seu canto era sempre de saudade e solidão. E seu comportamento natural mudava: perdiam o reflexo das asas e muitos se recusavam a fazer ninhos nas gaiolas ou mesmo em viveiros mais amplos.

– Eles não querem que seus filhos nasçam na prisão – disse seu José Onório.

Entre outros pássaros, no sítio do avô de Julinho, apareciam muitos beija-flores, uns bem pequeninos, como o topetinho-vermelho e o brilho-de-fogo, e uns maiores, como o beija-flor rabo-de-tesoura. Estes eram mais bonitos, azulados, ressaltando um verde de veludo no papo, e na verdade a sua longa cauda, de penas entrecruzadas, parecia mesmo uma grande tesoura.

Também apareciam na região canarinhos-da-terra, tico-ticos, papa-capins, biquinhos-de-lacre. Mas os mais ativos, que faziam os seus ninhos perto do alpendre da casa, por entre as trepadeiras floridas, eram os beija-flores. Viviam por ali e também estavam sempre de olho no belo jardim de seu José Onório, que tinha rosas de variados encantos – o néctar das flores e rosas era o seu principal alimento, embora também se interessassem por pequenos insetos e larvas.

2

Naquela região do sítio do seu José Onório, em certa época do ano, houve uma grande seca. O sol esquentou muito, as plantas perderam as folhas, os galhos ressecaram e o jardim da casa ficou praticamente sem flores, embora seu José Onório regasse todos os dias os canteiros. Os botões das flores brotavam mas não chegavam a abrir.

– É por causa do calor forte – dizia seu José Onório.

E para agravar ainda mais a situação, a água por aqueles lados estava escassa, por causa da derrubada das árvores, que não mais podiam atrair as chuvas com a umidade de suas copas verdes – os poços secando, os córregos e riachos desaparecendo, e assim não foi possível manter o jardim sempre vivo e cheio de margaridas e roseiras.

Quando uma parte da natureza sofre, com algum desequilíbrio, muitas outras partes sofrem também. É o caso dos pássaros, que vivem dos frutos, das sementinhas, das flores. E sem água também os insetos desaparecem, as larvas dos mosquitos não vingam. É que todas as coisas vivas estão relacionadas umas com as outras, formando assim uma espécie de tecido, onde cada bordado ou cada linha depende do conjunto. Por isso é que é muito ruim matar os bichos, derrubar as matas, sujar os rios.

Ali, no sítio de seu José Onório, com a chegada daquela seca, provocada mais pela devastação em volta – homens egoístas cortando as árvores para fazer lenha e dinheiro –, os que mais sofriam eram os beija-flores, privados quase que de repente de sua principal alimentação, que era o néctar das rosas. Se recorriam a larvas de mosquitos e insetos, também não tinham sucesso.

Julinho e seu avô estavam preocupados com isso.

Os beija-flores apareciam, voavam em torno do jardim e da casa – que eram o seu território –, pousavam nos galhos secos das papoulas e magnólias, e acabavam por voltar, com fome, para os seus ninhos nas trepadeiras, que ligavam o telhado a um pé de goiaba, também ressequido, os galhos cheios de caruncho.

Um dia seu José Onório, que sempre conversava com Julinho sobre a vida dos pássaros, lhe disse:

– Meu neto, já sei o que fazer. Nós vamos salvar os nossos lindos beija-flores.

– Como, avozinho? – o menino ficou interessado porque também estava com muita pena dos pássaros.

– Se o beija-flor fosse como o tico-tico – disse seu José Onório – não tinha problema. A gente comprava milho, pilava no pilão de fazer farofa da sua avó, e botava pra eles. Mas beija-flor não come essas coisas. Como seu nome diz, as flores é que são importantes na sua vida, o néctar que elas têm, que é uma espécie de açúcar, um mel muito doce e um alimento tão forte como as vitaminas.

– Mesmo que eles encontrem algum inseto, alguma larva – continuou seu José Onório – isso não é suficiente para a sua alimentação. Pássaros como o bico-de-lacre, o caboclinho, a viuvinha, quando falta alimento no seu território, emigram, mudam-se, até encontrarem uma região melhor, que ainda não esteja habitada por alguma ave. Mas com os beija-flores é diferente, eles não arredam o pé, ou a asa, do território onde nasceram.

– E o que a gente vai fazer, avozinho? – perguntou Julinho aflito, querendo salvar os beija-flores de qualquer maneira.

3

Seu José Onório explicou:
— Me lembrei de uma coisa que li numa revista. A gente pega um vidro, ou mesmo uma garrafa, já sem uso, fura de um lado e do outro, um pouco acima da parte plana de baixo, coloca nos buracos flores imitando as verdadeiras, e põe dentro do vidro água açucarada.
— Água açucarada, avô? — Julinho não tinha entendido direito a explicação de seu José Onório.
— Isso mesmo. A água açucarada faz o mesmo efeito que o néctar das flores. Ambos têm carboidratos, a energia que sai do açúcar e que alimenta — disse o velho.
— E como é que se fura o vidro, não é tão duro? — perguntou Julinho.
Seu José Onório explicou mais:
— A gente fura com uma broca ou com um ferro em brasa, assim como se fosse uma placa de madeira ou um metal. Vamos tentar?
— Vamos, vamos, vovô — Julinho estava entusiasmado com a novidade, porque para ele se tratava mais de uma

brincadeira. E brincar com seu José Onório era o mesmo que brincar com uma criança.

Os dois então começaram a trabalhar.

Primeiro arranjaram um vidro, não muito grande, mas servia para o plano deles – um velho vidro de xarope vazio, que tinha curado a tosse de dona Clementina, avó de Julinho. O vidro, com um restinho, tinha ficado esquecido no armário do banheiro.

Ele foi limpo com sabão e água, até ficar brilhando como um espelho. Depois, seu José Onório arranjou um arame grosso, tipo arame farpado, e levou ao fogo uma das pontas até ela ficar vermelha como brasa, e aí fez os dois furos, quase paralelos à base do vidro.

Foi fácil: o arame quente penetrou no vidro como se fosse uma faca cortando manteiga.

Julinho, de olho arregalado, deu um salto de contente, quando viu o vidro furado dos dois lados. Mas teve logo uma dúvida e perguntou a seu José Onório:
– A água açucarada não vai sair por esses furos, avozinho? Como é que vai ser?
– Assim que a gente botar a água – disse o velho – tampa logo o vidro com uma rolha de cortiça, bem firme. Acho que no armário da cozinha tem uma rolha velha. Apanhe lá, Julinho, para a gente fazer logo a experiência.
O menino saiu correndo da sala e logo trouxe a rolha, que se encaixou bem firme na boca do vidro.
Julinho ainda estava em dúvida com uma coisa. Perguntou:
– Avozinho, a gente tapou em cima o vidro, está certo, a rolha serviu, e os furinhos embaixo, quando a gente botar a água, não vão deixar vazar?
– Não vaza, não, Julinho – explicou seu José Onório. – Se não entrar ar por cima, pela boca do vidro, o ar não vai empurrar a água pelos buracos embaixo, compreendeu?
– Acho que sim.

4

Marietinha, a irmã de Julinho, apareceu na sala e ofereceu uma laranja descascada ao avô. E ficou interessada pelo que eles estavam fazendo com tanto zelo.

– O que é isso, avozinho? – perguntou.

Seu José Onório ainda tentava explicar para o neto aquele mistério de a água não sair pelos furos do vidro, se este estivesse bem tampado, arrolhado.

– Vamos alimentar os beija-flores que estão com fome – disse o velho e continuou a explicação para Julinho: – É a força da gravidade da terra que equilibra tudo. Por isso cada coisa tem o seu peso, até o ar. Sim, o ar que a gente respira. Se ele entrar por cima do vidro, pressiona a água e, se ela tiver por onde sair, sai. E por sua vez, a água tem também o seu peso.

– Parece uma mágica – disse Julinho.

– As coisas da natureza são assim mágicas, misteriosas – falou seu José Onório.

Marietinha entrou na conversa dos dois e fez uma pergunta mais prática:

— Avozinho, como é que o beija-flor vai conseguir beber?
— Ora, é simples: ele coloca o biquinho, que é fino e comprido, no orifício do vidro, e chupa a água. E como a água é doce, ele vai gostar e até pensar que é uma flor.
— Como vai pensar que é uma flor? — insistiu Marietinha. — Como é que ele vai saber que tem água açucarada no vidro?
— Eu falei em flor, não falei? — disse seu José Onório. — Pois para atrair o beija-flor, a gente tem que botar, nos furinhos do vidro, umas flores imitando as verdadeiras. Elas vão ser um espécie de isca para atrair os pássaros.
— Como *isca* de peixe? — perguntou Julinho.
— Isso mesmo, mas a nossa isca de flor é só para atrair, não é para matar, como nas pescarias.
— Eu sei, avozinho — disse o menino. — A gente está aqui ajudando e não destruindo, não é?
— Claro. Bem, agora precisamos de duas flores para colocar bem ao lado dos furinhos do vidro. Como o nosso jardim está sem flor, e também os campos por aqui, acho que de plástico serve. Você viu alguma flor de plástico por aqui em casa, Julinho?
O menino pensou e disse:
— A Marietinha tem uns brincos com flores, não tem?
A menina se assustou:
— Meus brincos? Essa, não!
Seu José Onório achou graça da situação. Disse:
— É só um empréstimo, Marietinha.
— Isso mesmo — disse Julinho. — Depois a gente devolve.
Ela disse meio amuada:
— Ora, eu tenho muito ciúme dos meus brincos.
Julinho insistiu:

– É para ajudar os beija-flores, que estão com fome, você não está vendo?
Marietinha estava em dúvida.
Seu José Onório disse:
– Ela é quem resolve.

5

Depois de algum tempo de indecisão, Marietinha disse:
– Está bem, mas vovô me promete comprar outros?
– Claro que prometo, minha neta.
Julinho correu para dentro de casa:
– Eu sei onde estão – ele disse.
– Não vá remexer nas minhas coisas – advertiu Marietinha e se aproximou mais do avô, que dava os últimos retoques nos furinhos do vidro de xarope.
Ela disse:
– O beija-flor vai beber água aí, avozinho?
– Vai, sim, Marietinha. Todos aqui deste território que estiverem passando fome, vão beber a água açucarada. E as flores que precisamos, como falei, são para atrair os passarinhos. E o primeiro beija-flor que descobrir avisa aos outros.
– As flores são a *isca* – explicou Julinho de volta, trazendo os brincos da irmã.
Marietinha voltou a anunciar a sua exigência:
– Bem, eu dou os meus brincos se vovô me der outro par ainda mais bonito, está combinado?
– Interesseira – gritou Julinho.

— Está combinado, eu concordo, Marietinha — disse o velho. — Você vai ganhar um par bem mais bonito do que este. Ela apanhou os brincos das mãos de Julinho e, como se estivesse com pena, os deu para o avô.

— É só uma brincadeira — disse Julinho, para ver se a irmã se animava e não ficava tão triste.

— É uma brincadeira, mas uma brincadeira séria — disse seu José Onório — pois vamos alimentar os pequeninos beija-flores.

As duas flores de plástico, dos brincos de Marietinha, eram amarelas, com um botão marrom cheio de estrias, imitando muito bem as margaridas do campo.

Seu José Onório as examinou:

— São mesmo lindas e se parecem com as verdadeiras. São pequenas, mas isso não faz muita diferença para os beija-flores. A cor é que os vai atrair.

— E eles vão mesmo chegar perto?

— Vão, sim, Marietinha.

A menina, agora, participava mais do entusiasmo do avô e do irmão, e no íntimo torcia para que tudo desse certo, porque, com aquela brincadeira, sabia, também estariam ajudando os passarinhos. Eles estavam com fome e poderiam até morrer se não fossem socorridos logo. Ela compreendia e aceitava o fato, por isso não se importava tanto se seus brincos fossem sacrificados.

6

Seu José Onório colocou as flores artificiais no vidro, de maneira que ficassem bem rentes aos dois orifícios na sua base. Fez uma amarração com arame fino, bem-feita, dando a impressão de que as flores brotavam diretamente do vidro.

Feito o trabalho, apoiado pelo entusiasmo de Julinho e Marietinha, seu José Onório pendurou o vidro, amarrado pelo gargalo, num prego que estava num dos caibros do alpendre. Ele ficou, na varanda da casa, numa posição tal que parecia até que as flores artificiais, dos brincos de Marietinha, pertenciam a um pé de jasmim amarelo, que há muito tempo não brotava flor, e que passava quase rente ao telhado.

Todos esperaram em silêncio e com ansiedade. Ninguém queria perguntar nada, como se aquele momento fosse mágico, num tempo especial da vida dos meninos.

Mas Julinho não se conteve, passados alguns minutos de espera, e perguntou:

– Como é que eles vão saber, vovô?

– O primeiro beija-flor que descobrir *conta* para os outros companheiros – disse seu José Onório.

Eles se sentaram no sofá grande da varanda e continuavam a esperar com ansiedade.
Marietinha também não se conteve e perguntou:
— E como é que o beija-flor *conta* pros outros? Eles sabem conversar, avozinho?
— Sabem, lá na *língua* deles. Depois eu explico. Silêncio, vamos aguardar.
E seu José Onório explicou mais para os netos, mas num tom de voz bem baixinho:
— Se um deles passar por aqui, mesmo em voo rápido, vai ver as flores, quero dizer, os brincos de Marietinha. E como todo pássaro tem a vista melhor mesmo do que a vista da gente, não será difícil descobrir. A curiosidade e o instinto farão o resto.
— O beija-flor, tão pequenito, enxerga mais do que a gente, avô? — perguntou Marietinha.
— Muito mais, e qualquer pássaro. E enxerga mais longe, como o gavião, ou como a coruja, que enxerga de noite. A coruja caça é de noite, vocês não sabem?
— Cada bicho tem a sua natureza, não é, vovô? — disse Julinho, tentando entender a frase que lhe fora dita pelo próprio seu José Onório. E ao mesmo tempo posava de sabido para a irmã.
O velho tornou a pedir silêncio, pois achava que já era tempo de aparecer um beija-flor à procura de comida. Eles caçavam o dia todo e não desistiam. E o drama dos que tinham filhotes devia ser ainda pior, pois procuravam um alimento escasso. A seca na região continuava e toda a paisagem da redondeza ficara feia sem as flores e sem muitos pássaros que tinham arribado dali.
Ao lado do avô, Marietinha era a mais ansiosa e po-

dia até sentir o seu pequeno coração pulsar no peito, dando-lhe uma espécie de empurrão a cada instante.

Seu José Onório apurou o ouvido e colocou os dedos nos lábios, num sinal para que ninguém falasse.

7

De repente, apareceu um beija-flor por trás dos galhos secos de uma goiabeira. Era um belo rabo-de-tesoura, com as penas verde-azuladas refletindo os raios do sol. Marietinha tomou um susto. Julinho engoliu em seco. Os três ficaram quietos como estátuas, a respiração suspensa. Marietinha apertava a mão do avô e Julinho de vez em quando tapava a vista, como se tivesse medo de que o beija-flor desaparecesse, fosse embora de uma vez.

Depois de voar em ziguezague, em torno da varanda, o beija-flor, num voo mais comprido, num voo de seta, como se diz, passou ao lado da casa e desapareceu numa folhagem próxima.

Os meninos ficaram desiludidos.

– Ora... – suspirou Marietinha.

– Este deve ser cego ou zarolho – disse Julinho com raiva.

Seu José Onório falou baixinho:

– Calma, calma todo mundo.

– Ele vai voltar, avô? – perguntou Marietinha.

– Vai voltar, sim, é só a gente esperar. Garanto que este que passou por aqui já viu as flores.
– Como viu – disse Julinho, ainda meio revoltado. – Ele não deu nem bola.

De repente o beija-flor apareceu de novo e, desta vez, passou mais perto da *isca* de flores amarelas do vidro. Marietinha deu um pulo e o pássaro se espantou e voou para mais distante.

Julinho tentou dar um beliscão na irmã, mas seu José Onório acalmou os dois:

– Não fiquem nervosos, tudo vai dar certo.

Esperaram mais alguns instantes e o beija-flor tornou a voltar, como se de fato já estivesse sendo atraído pelas flores artificiais do vidro.

Fez um voo reto e voltou, aproximando-se, desconfiado, da varanda. Em seguida passou a voar em círculos, cada vez mais perto do vidro cheio de água açucarada.

As suas penas azul-esverdeadas rebrilhavam ao sol com mais intensidade – o seu bico fino era como um estilete ferindo o ar.

Ficou planando, mais próximo – Marietinha apertando a mão do avô e Julinho tapando os olhos com as mãos.

– Ninguém se mexa – sussurrou seu José Onório.

Um rouxinol, desses que fazem ninho entre os caibros do telhado da casa surgiu próximo e espantou um pouco o beija-flor.

Marietinha nervosa teve vontade de dar um grito, mas se conteve, confortada com o olhar de esperança do avô.

Julinho estava quase se desiludindo.

– Por que é que não vai logo lá? – perguntou baixinho e seu avô tornou a pedir silêncio.

Eles voltaram a ser como estátuas.
Quietos.
Silêncio.
O beija-flor estava se aproximando cada vez mais.

8

Julinho não aguentou a expectativa e disse:
— Ele está com medo.
— É, está com muito medo — falou Marietinha.
— Já sei o que é — disse seu José Onório.
— O que é, avozinho? — os dois meninos falaram quase ao mesmo tempo.
— Não é medo, não — explicou seu José Onório. — Ele está tentando descobrir se não são flores venenosas. Desconfia que sejam margaridas, mas elas estão num lugar diferente, perto de uma árvore diferente, por isso é que está estranhando.
— E como é que ele vai saber que não tem veneno? — perguntou Marietinha.
— Ele vai se arriscar e experimentar? — indagou Julinho.
— Não, nada disso — falou o avô. — O beija-flor vai usar um velho truque da natureza.
— Truque, avozinho? Que truque é esse? — os dois voltaram a perguntar quase ao mesmo tempo.
Enquanto isso, o beija-flor continuava a planar por perto, já olhando de frente para as flores do vidro.

Seu José Onório, depois de observar mais atento o vidro com água açucarada, disse:
– Olhem ali, vocês não estão vendo aquele marimbondo perto do vidro?
– Estou, estou – disse Julinho.
– Eu também – falou Marietinha.
– Pois é isso – explicou o velho e sorriu, para espanto dos netos, que continuavam apreensivos.
– Diga logo o que é, avozinho – pediu a menina. – O que faz aquele marimbondo ali?
Seu José Onório explicou mais:
– O beija-flor está esperando que o marimbondo pouse primeiro nas flores. Se não acontecer nada, é porque não são venenosas. Isso é uma lição pra gente.
– Lição? – indagou Marietinha sem compreender bem.
– É isso mesmo – disse o avô. – Se um dia vocês estiverem perdidos na mata e sentirem fome, só comam frutas se os pássaros já estiverem comendo. É isso o que o beija-flor está fazendo, observando primeiro o marimbondo.
– Bichinho sabido – disse Marietinha.
Todos falavam baixinho, para não espantar o pássaro, que continuava a voar por perto do vidro.
– Ele sabe das coisas – disse seu José Onório. – Cada ser vivo tem a sua inteligência.
– E não se arrisca, não é, avozinho?
– Isso mesmo, Marietinha.
Eles agora olhavam mais para o marimbondo do que para o beija-flor. Aquele marimbondo e outros mais eram velhos inquilinos da casa de seu José Onório, onde faziam suas casinhas de barro nos alpendres e ripas do telhado.
Os três voltaram ao silêncio e à expectativa.

9

– Olhem – chamou a atenção dos netos seu José Onório. – O marimbondo pousou numa das flores dos brincos de Marietinha e deve estar sugando um pouco da água açucarada. Ele está bem perto de um dos buraquinhos do vidro.

Os meninos, emocionados, tentavam ver o que estava acontecendo: sem dúvida o marimbondo estava lá na flor, caminhando em volta, voando e tornando a pousar, ou apenas se concentrando no botão marrom.

– Reparem agora o beija-flor – disse seu José Onório. – Ele já viu que o marimbondo está experimentando a água e só espera alguns instantes para ir até lá.

Marietinha bateu palmas, esperando pelo grande momento. O avô pediu silêncio. Julinho conteve a irmã, segurando suas mãos.

O beija-flor deu mais alguns voos, rasantes e em zigue-zague, em torno do vidro: subia, descia, planava no ar e, como não havia acontecido nada com o marimbondo, de repente se aproximou do vidro e introduziu seu longo bico num dos orifícios, que saíam diretamente no botão das flores artificiais amarelas – na verdade ele tentava sugar o seu néctar, como se elas fossem de verdade. Colocou o bico uma, duas, três vezes, até que seu José Onório e os meninos viram a água açucarada do vidro soltar umas pequenas borbulhas – o beija-flor estava deslumbrado por ter encontrado farto alimento ali.

Seu José Onório explicou:

– Essas borbulhas que vocês estão vendo são provocadas pelo ar que entra pelo buraquinho, toda vez que o beija-flor retira um pouco do líquido. O ar entra para ocupar o lugar da água retirada, vocês compreendem?

– Sim, avozinho – disseram os meninos em voz baixa.

Seu José Onório continuou:

– Isso quer dizer que o beija-flor está bebendo, não há dúvida. Agora ele sabe onde tem alimento.

– E vai avisar aos outros? – perguntou Marietinha.

– Vai – disse Julinho. – Os pássaros se comunicam, não é, avozinho? Antigamente eles até falavam.

Seu José Onório sorriu e confirmou:

– Isso mesmo.

O beija-flor, depois de ficar várias vezes planando no ar, com o bico introduzido no vidro, se retirou de repente, como se tivesse uma nova missão a cumprir.

Ele partiu em disparada, como uma flecha azulada, deixando um risco colorido no ar, como se tivesse pintado com um traço forte a paisagem em volta.

Marietinha e Julinho, emocionados com o que viam, bateram palmas, felizes por estarem participando daquele pequeno mistério da vida e da natureza.

10

Só para confirmarem, os meninos perguntaram quase ao mesmo tempo:
– O beija-flor bebeu mesmo?
– Claro que bebeu – disse o avô. – Não viram as borbulhas de ar? Essa é a prova de que alguma porção d'água foi retirada do vidro.

Marietinha estava preocupada era com os outros beija-flores que ainda estavam com fome:
– Ele foi mesmo chamar os outros?
– Na certa foi chamar os companheiros – disse Julinho.
– Como é que ele vai chamar, avozinho? – indagou a menina. – O senhor disse que ia explicar como é que o beija-flor fala.

Seu José Onório disse:
– Aquele que saiu a jato daqui, como vocês viram, deve estar agora dando voos em círculos e zigue-zague, *dizendo* para todos que apareceu comida no jardim do sítio.
– Será que ele só vai dizer pra família dele? – perguntou a menina.
– Vai dizer pra todos – falou Julinho e olhou para o avô.

O velho confirmou:

– O aviso vai ser para todos os beija-flores deste território. Como disse a vocês, todo ser vivo tem a sua inteligência. Aquele beija-flor sabe que a comida que encontrou é limitada e por isso não vai avisar a toda a vizinhança.

Mais alguns minutos se passaram.

Rápido como tinha partido, o beija-flor rabo-de-tesoura voltou ao jardim, mas agora acompanhado por mais três pássaros, que foram direto às margaridas artificiais e, desta vez, como eram muitos, usaram alternadamente os dois furinhos do vidro.

– Eu disse que ele tinha ido avisar, não disse? – falou seu José Onório, também emocionado com o que via.

– Tem dois brigando ali de lado – observou Marietinha. – Vai ver, são irmãos – e sorriu para Julinho.

No começo, de fato, alguns pássaros chegaram a brigar, na disputa daquele mel tão doce, aparecido assim de repente no jardim seco e que não recebia chuva há tanto tempo.

Seu José Onório disse:

– Acho que a briga é porque já apareceram alguns beija-flores de outros territórios – agora já eram cinco os pássaros em volta da varanda da casa. – Eles devem ter descoberto alguma movimentação diferente e vieram conferir.

Beija-flores de outra espécie, menores, foram afastados pelos maiores.

– Cada família de beija-flor tem o seu território, como qualquer pássaro – explicou seu José Onório. – Nenhum pode invadir o território do outro. É uma lei da natureza exatamente para equilibrar o alimento de cada região.

E daquele dia em diante, Julinho e Marietinha eram os primeiros a acordar em casa, para abastecer com água açucarada o vidrinho dos beija-flores e esperar por eles. Às vezes, quando acordavam, alguns pássaros já estavam voando em torno da varanda.

11

Um dia, quando todos estavam juntos, a família de seu José Onório reunida com alguns amigos das vizinhanças, todos sentados no alpendre da casa, Julinho notou que um beija-flor rabo-de-tesoura, que parecia ser o maior do grupo, estava voando mais perto do que de costume, e de forma esquisita.

Não ia diretamente ao vidro beber, ficava dando voltas em torno da casa ou serenando em frente como se dançasse um balé. Ou subia e descia como um raio – e o sol da tarde matizava as suas asas azul-esverdeadas. O veludo cor de musgo do seu peito era como uma enorme e brilhante esmeralda.

Todos, no alpendre da casa, ficaram parados e em silêncio, observando aquilo, porque nunca, em suas vidas, tinham visto coisa tão bela, tão excitante.

O beija-flor continuava no seu bailado de cores e luzes refletidas pelo pôr do sol.

Era como se quisesse *dizer* alguma coisa diferente aos seus companheiros, que aos poucos iam surgindo de todos os lados, também curiosos com o que estava acontecendo.

– O que será que ele quer, avô? – perguntou Julinho em voz baixa, com medo de que aquele lindo beija-flor fosse embora.

– Ele está *falando*, sem dúvida, com os outros, está transmitindo-lhes alguma coisa – disse seu José Onório.

– Está *falando* na sua linguagem de cores e movimentos, que é a linguagem dos beija-flores. Este é o seu voo mais bonito, e parece que está feliz assim por ter descoberto o que procura há muito tempo.

– E o que o beija-flor procurava, avozinho? – perguntou Marietinha.

– Bem, além da comida, para sobreviver, ele procurava uma coisa muito importante para a sua vida e a de todos. E acho que é isso o que está *dizendo* para os outros.

– O senhor sabe o que o beija-flor está *dizendo*? – perguntou Julinho.

– Acho que sei. Prestem atenção: o que o beija-flor está *dizendo* está na beleza tão pura do seu voo, nos traços harmoniosos que faz no ar, nas cores cambiantes e irisadas de sua plumagem. Ele está *descrevendo* para os companheiros alguma coisa fora do comum, algo que possui amor e ternura, e que, de alguma maneira, olha por todos.

– Não será que está agradecendo pela água açucarada, vovô? – perguntou Marietinha.

– Sim, ele está agradecendo também, mas o que está *dizendo* mesmo, na forma de seu voo belo, é que Deus existe, e que por isso eles não vão morrer de fome.

35

meu nome é
Tuim-Azul

Para tudo existe um tempo.
Existe até um tempo para o reencontro dos tempos.

Louis Pauwels

Para as meninas:
Mukisso, Mukira e Dinha (a caçula)

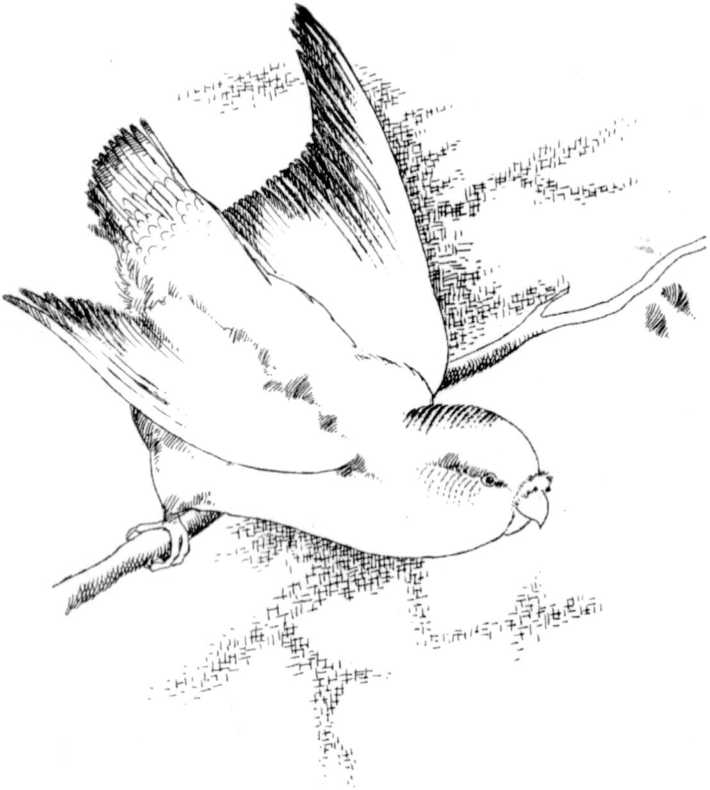

1

Eu sou um periquito. Vocês devem saber o que é um periquito. Os entendidos – os homens sempre se acham entendidos em alguma coisa –, os entendidos em aves nos chamam de as espécies dos "bicos redondos". Aí está a nossa principal diferença em relação aos outros pássaros.

Aqui na casa onde moro agora – casa é a maneira de dizer, porque moro mesmo é numa pequena gaiola de ferro, onde recebo água, comida e alguma afeição, algum carinho das meninas. Bem, eu ia dizendo que aqui na casa vivem, além das meninas, um cão preto por nome Joe, de Joseph, e também moram uma porção de mosquitos. Nós somos todos, como as pessoas costumam falar, os "bichos de estimação" da casa, inclusive os mosquitos.

Meu nome, Nico – também nome de gente como o de Joe – foi dado por um cara, que às vezes aparece por aqui. Ele vem *matar* a comida das meninas, que são boas... quero dizer, boas cozinheiras, e parece que ele namora a Dinha, a caçula da família. Foi a Dinha que botou um nome nele, Xim, e ele gosta.

Não me incomodo com o meu nome, Nico, porque ele não tem nada a ver comigo, nem é o meu verdadeiro nome. Mesmo o batismo de Nico, se assim posso dizer, não valeu muito, ficou apenas na intenção do Xim, aquele cara que é metido a engraçado, pois as meninas não me tratam por Nico. Pior mesmo é o nome que os cientistas (os entendidos) botaram na raça dos periquitos, das araras e dos papagaios. Sabem qual é? É *psittacidae*. Eu sou um *psittacidae*. Eu podia bater nos peitos e dizer isso, que deve impressionar a quem vive de vaidade. E daí?

Este nome também não me atinge, porque o meu nome verdadeiro, dado por minha mãe e por meu pai, quando nasci, é Tuim-azul. Um tuim, no reino dos periquitos, é uma estrela. A nação dos tuins mora no Brasil e eles são bem pequeninos, assim como eu. Como os meus pais já estavam neste país, acharam, quando eu nasci na gaiola deles, que eu era a sua pequena estrelinha azul e muito parecido com um tuim. E assim, ao mesmo tempo, me deram um nome bonito e prestaram uma homenagem a um bichinho brasileiro, do seu país de adoção.

Adoção. Os homens sempre usam umas palavras esquisitas que precisam de explicação. País de adoção? É o país para onde bichos e gente se mudam. Alguns se adaptam, outros não gostam da mudança, e ficam com aquela nostalgia da volta, aquela saudade.

A terra de origem dos meus pais é a Austrália, onde ainda tem muitas florestas e índios, como no Brasil. Digo florestas e índios, os que ainda restam, os que ainda estão escapando dos horríveis homens de machado e dos fazendeiros de armas de fogo. A Austrália, o meu país, ou o país dos meus ancestrais, como se diz, é um membro da chamada Comunidade Britânica. Não é bacana isso? Sim, mas só na aparência. Os homens têm outra mania: enfeitar com nomes pomposos o que escondem de feio por trás.

Bem, lá na Austrália – meus pais me contaram – tem desertos, estepes e uma zona tropical no Norte, como no Norte do Brasil, a sua parte mais tropical. É lá e cá que ainda existem florestas, embora a ameaça constante do bicho-homem. A Austrália tem outra particularidade em relação ao Brasil: também foi descoberta pelos portugueses. Depois os ingleses foram lá e tomaram deles. Agora, os índios da Austrália são diferentes dos brasileiros, porque a sua pele é negra. Mas sofrem a mesma perseguição. No Brasil, são os criadores de gado, os invasores de terras; lá são fazendeiros também, mas criadores de ovelha, pois o país, como dizem, é grande exportador de lã.

É... os homens são parecidos em qualquer lugar, nós bichos sabemos. Quando nasci, já nasci engaiolado. E sabem por quê? Porque os homens (não são todos) são egoístas e foram prendendo os bichos mais bonitos, mais coloridos, para enfeitar as suas casas. Inventaram as gaiolas para os pássaros, tirando tal ideia ruim das suas próprias prisões, onde botam os criminosos de toda espécie. Não é uma contradição? Manter em prisões os bichinhos livres que eles apreciam, que às vezes amam? Tem gente que embalsama as borboletas, como se elas fossem múmias do Egito. O pior mesmo é quando os homens matam por matar ou para ter *lucro*, esta palavra horrível que quer dizer ganância e exploração.

Assim, durante anos e anos, de geração a geração, a minha espécie tem nascido em gaiolas. E como vivemos noutro lugar, longe do nosso *hábitat* natural – palavra que os homens inventaram para designar lugar de nascimento –, acabamos perdendo muitas das nossas qualidades vitais e tivemos que mudar o nosso comportamento. Isso acontece com todo bicho doméstico.

Por exemplo: não podemos fazer nossos ninhos nos troncos ocos das árvores. Temos que nos contentar com esses ninhos redondos de palha ou com um *simulacro* de tronco, uma espécie de canudo também de palha que eles às vezes colocam na nossa gaiola. Vocês não sabem o que é *simulacro*? Olhem no dicionário. Bem, eu queria dizer que vivemos num mundo falso. O mundo mau de alguns homens não é um só? Essa mania de querer acabar com a natureza, com a vida selvagem onde está a sabedoria verdadeira...

Talvez eu não devesse reclamar muito, pois nunca conheci a verdadeira liberdade – e a liberdade, agora, por mais irônica que seja a minha situação, só me faria mal, me mataria. Sabem por quê? Porque não estou no meu *hábitat* natural, como já disse. Meus pais me ensinaram muito, sim, antes de nos separarem para a venda no "mercado de escravos". A venda de pássaros, de bichos, nas feiras ou nessas casas especializadas, não difere muito de quando os homens vendiam seres da sua própria espécie. O homem tem essa fixação horrível: ganhar dinheiro seja lá como for.

2

Como vocês já viram, sou um pássaro que sabe de muita coisa, embora viva encarcerado. E como se adquire *sabedoria*? Com os nossos pais, com o instinto de aprender, de observar. Mesmo, bichos e gente já trazem um conhecimento de sua própria natureza. Esse conhecimento nasce com eles e se revela em muitos momentos.

Na casa de um dos meus donos, por onde andei antes de vir pra cá, morava um homem que estudava muito, lia muito, e por isso era metido a *sábio*. As pessoas também adquirem conhecimento assim, pelo estudo. Um dia ouvi aquele homem dizer para um amigo, admirado com a *sabedoria* dos seres vivos, que o sêmen de que nascem todas as espécies de animais, uma diminuta gota, aloja um imenso número de informações, de pensamentos, de formas. Se ele está certo, a natureza é mesmo uma maravilha.

Assim, durante toda a minha vida, tenho observado, ouvido e aprendido. Aprendido com os bichos, com os homens e com a minha herança genética. Aqui está outra palavra que vocês devem procurar no dicionário, mas acho que já sabem o que quer dizer. Bem, de casa em casa, de gaiola em gaiola, fui aprimorando meus conhecimentos. Aqui, na casa onde estou agora, não nego que sou bem tratado pela Mukisso, pela Mukira e pela Dinha, que é a menor das três. O cão Joe é que, às vezes, se lembrando naturalmente do seu *hábitat*, ou de seus pais primitivos, tem vontade de me caçar, de me comer, como os seus ancestrais lobos. Mas se aqui na casa das meninas morasse também um gato, seria muito pior.

O tal Joe também tem ciúmes de mim. É que ele vivia aqui sozinho, como o único animal da casa, os mosquitos são seres espaciais, vêm e vão – e então eu cheguei e as meninas passaram a repartir comigo um pouco do amor que dão pra ele. É isso o nó da questão, como se diz. Mas vamos vivendo. É claro que o Joe tem mais regalias do que eu, é muito mais mimado.

Uma vez eu reclamei disso para o Xim, o tal garotão que vem aqui namorar a Dinha e *matar* a comida. Ele me disse uma coisa certa. Não se pode acariciar um periquito como se acaricia um cão, não é verdade? Eu sou muito pequenininho e, um dia, a Dinha quase me sufocou com os seus afagos. Um bichinho assim como eu, como disse o Xim e eu concordo, gosta de ser acarinhado é com palavras doces, ternas. Elas são, na verdade, uma espécie de alimento bom, de bálsamo, que até as plantas e as árvores grandes gostam de receber.

Eu estava dizendo que o cão Joe é mais mimado e, concluindo, isso se deve mais pelo seu tipo de animal, não é? Não é preferência das meninas, não. Não é discriminação. Olha o dicionário. Bem, a Dinha leva, de vez em quando, o Joe pra passear na rua, na praça que existe aqui perto, e o meu passeio – se é que este nome é adequado ao que acontece – é apenas a mudança da minha gaiola do banheiro para uma janela onde, felizmente, ainda posso ver uma nesguinha do céu azul e receber a brisa que vem de florestas distantes e do grande mar. E fico até satisfeito com essa pequena regalia.

É claro que o Joe pensa que é gente. É que ele foi criado, desde pequenino, pelas meninas. Foi mesmo desmamado pela Mukisso, como se diz, mamando mamadeira e tomando leitinho num prato. Era mesmo um bebê quando chegou e foi aí que começou aquela história de dar banho nele com xampu. E xampu de gente, não xampu de cachorro, não. O que ainda atrapalha toda a regalia dele é uma coceira infernal que ataca o seu pelo. As meninas já botaram um antialérgico e de nada adiantou. O Xim, quando apareceu aqui pela primeira vez, pensava que era pulga, que o Joe fosse um viveiro de pulgas. Eu também pensei. Mas não é, não. Ele é muito bem banhado, com xampu e tudo, muito bem tratado, e a tal coceira, que persiste, deve ser mesmo uma alergia perniciosa, como se diz.

3

Um dia tive ocasião de conversar com o Xim, o tal cara que vem aqui. As meninas tinham ido à feira e ele se deitou numa cama, perto da janela onde eu estava recebendo aquele ventinho da manhã e olhando o doce céu azul. Não sei se vocês sabem que algumas pessoas podem se comunicar com os bichos. A comunicação não é bem através de palavras, mas através do pensamento. Os homens chamam a esse fenômeno de telepatia e descobriram que tal comunicação pode ser feita até entre gente e plantas. Eu sei que é verdade, porque sou um bicho. Às vezes vocês podem pensar que um cão está obedecendo ao comando de suas palavras, mas ele está obedecendo é ao comando de seu pensamento, que vem antes das palavras, antes de se transformar em palavras. Experimentem chamar os seus cães só através de seus pensamentos, sem pronunciar nada. Pode ser que no começo não aconteça nada, mas continuem treinando.

Pois bem, o Xim estava deitado ali na cama da Dinha, *morcegando*, como ele gosta de dizer quando está descansando, e de repente aconteceu a nossa *comunicação*, a nossa sintonia natural. É exatamente assim como vocês ajustarem o ponteiro do rádio numa estação. No caso da gente e bicho, a coisa se dá espontânea. Foi aí que o Xim ficou logo sabendo que eu já tinha nome antes de ele me chamar de Nico. Sou Tuim-azul, eu falei logo. E foi nessa ocasião também que fiquei sabendo que ele é o Xim da Dinha, a sua namorada.

Então *conversamos* bastante, sobre muita coisa, no silêncio daquela manhã iluminada que uniu nossas duas almas irmãs. O Xim é muito perguntador e curioso, porque, como me disse, é um escritor, e quer transmitir para os seus leitores tudo o que pode descobrir sobre as maravilhas da natureza. Bem, logo no começo da nossa *conversa*, ele disse que gosta muito das meninas, que elas são a sua família agora, que um dia ele estava perdido e, de repente, as encontrou.

– Tuim-azul – ele *falou* pra mim – o meu caso é até parecido com o seu e o do Joe. Nós todos fomos adotados pelas meninas, nesta casa feliz, tranquila. Eu encontrei o que procurava há muito tempo.

– Mas eu também quero ter uma família, só minha – eu disse meio nervoso, achando que as meninas eram a família do Xim, não propriamente a minha, vocês entendem?

– Já sei – disse o Xim. – Você quer ter uma companheira, não é? Está se sentindo sozinho nesta gaiola, não é?

– É isso mesmo.

– Bem, a Mukisso já falou que vai arranjar uma companheira pra você, Tuim, não se afobe. Você já teve uma companheira?

– Sim, eu já tive – falei e fiquei triste.

– Se é uma recordação triste, não precisa me contar. Só se nessa sua história tiver alguma lição pra gente aprender.

– Acho que tem uma lição – eu falei, e contei: – Eu tinha uma companheira, a Totim. Era muito bonita, com aquela sua penugem esverdeada e um diadema amarelado bem no alto da cabeça. Mas um dia a Totim entrou por um caminho errado.

– O que quer dizer com isso? – perguntou o Xim.

– Bem, a nossa gaiola ficava bem perto de uma cortina de plástico. E um dia a Totim comeu um pedacinho da cortina e ficou *doidona*, como se diz, *viajou* pelos sonhos mais malucos. Eu disse logo: olhe o que está arranjando, Totim. Sabe o que pensei, Xim, depois que ela se viciou no plástico da cortina?

– Não, não sei.

– Pensei assim: se a Totim escolheu esse caminho falso, de ilusão, é porque não está mais feliz comigo. Porque a sua vida, aqui comigo, não tem mais significação, não tem mais sentido.

– E ela continuou a comer a cortina?

– Continuou. E cada vez mais se desligando de mim, da nossa natureza de amor e de amizade. A Totim só queria a ilusão daquele mundo falso. E o fim dela foi triste: um dia acordei e ela estava de canela estirada, morta. Tinha comido uma *dose* muito forte daquela cortina maldita. E foi assim que fiquei sozinho até hoje. Mas, como você, Xim, eu preciso de uma companheira, de uma amiga. Bichos e gente não têm o mesmo sentimento?

– Acho que têm, Tuim. Como já disse, a Mukisso vai arranjar uma companheira pra você, e vocês vão morar numa gaiola até maior e mais bonita do que essa.

Eu fiquei muito alegre com aquela notícia do Xim.

4

O que ele me pediu foi que eu tivesse paciência e esperasse. Esperar é uma boa qualidade – irmã da paciência – para fortalecer a vida, assim como o aço é forjado pelo ferro em brasa. O Xim faz essas comparações porque ele é um escritor, como já disse, e por causa disso mesmo gosta de aprender, gosta de contar histórias e de conversar. Acho que às vezes o Xim inventa algumas coisas, só por divertimento ou para divertir os seus leitores. Mas sempre nas suas invenções podemos colher alguma verdade, alguma sabedoria.

Então o Xim, para me dar um exemplo de paciência e de espera, falou nos mosquitos que também moram aqui na casa das meninas. Eles voltam toda noite, ou melhor, na "boquinha da noite", como se diz.

– Veja os mosquitos – falou o Xim. – Eles também são ciumentos, assim como o Joe, por exemplo, ou você mesmo, Tuim. Por que eles são ciumentos? Porque, quando estão procurando o seu *almoço* ou *jantar*, as pessoas sempre interferem, ficam agitadas, enxotam eles. E é disso que a gente pode tirar uma boa lição: não se irritar com os mosquitos. Você tem que espantar os mosquitos com calma, sem se irritar. Todo o problema não é de fora, é da sua irritação interior.

— Que os mosquitos são chatos, são, não é, Xim?

— Claro. Mas se, de repente, você não mais se aborrecer com os mosquitos, se ficar calmo, você terá ganho uma nova qualidade de vida. Não se perturbando mais com os mosquitos, que estão caçando a sua comida, não se perturbando com eles, como ia dizendo, você não mais se perturbará com coisa alguma. É isso, Tuim, você ganha uma *chave* secreta. Você não precisa fazer alarde disso, simplesmente vai enxotando devagar os mosquitos.

— A natureza sempre ensina alguma coisa, mesmo os mosquitos, não é, Xim? — eu disse, vaidoso, porque sou um bicho.

O Xim sorriu e aí aproveitou para me perguntar sobre umas coisas que ele lera sobre alguns bichos, queria saber se era verdade. Por exemplo:

— É verdade, Tuim, que as abelhas enterram os seus mortos? Fazem uma sepulturazinha, como as pessoas?

— Isso é verdade — eu disse, me lembrando das histórias dos meus pais. — E já que você falou em morte, Xim, as formigas também têm uma particularidade parecida com a vida das pessoas.

— Têm? E qual é?

— Elas fazem o que as pessoas chamam de marcha fúnebre, acompanhando a companheira morta.

— Que engraçado! — disse o Xim.

Aí ele aproveitou para me *explorar*, como se diz. E perguntou:

— Você sabe, Tuim, por que, de repente, as baleias

começaram a se suicidar? Em quase toda parte elas vêm para as praias, encalham na areia e morrem. Muitos cientistas (os entendidos) já disseram que era suicídio em massa das baleias, mas não souberam explicar as razões disso.

– Ora, os cientistas sabem, só não querem é admitir – eu falei. – As baleias se suicidam por causa da poluição dos mares. Como não podem fazer nada, não querem mais viver nas águas sujas. A culpa disso é dos homens.

– Eu sei, Tuim. Quer dizer que os animais também se suicidam?

– Quando não têm um motivo pra viver, se matam.

– Me dê outros exemplos – pediu o Xim.

– Bem, cães e gatos domésticos, quando seus donos se afastam deles por muito tempo, quando perdem o seu carinho e atenção, eles se matam. Simplesmente deixam de comer e morrem. Você já não ouviu falar em casos de cachorros que ficaram, até morrer, em cima do túmulo dos seus donos?

– Sim, eu já ouvi falar nessa coisa triste.

– É que tudo é uma só natureza, Xim – eu disse. – Bichos, gente, plantas, astros, espaços infinitos.

– Uma só natureza, a natureza de Deus.

– Isso mesmo, Xim, assim como nós dois estamos sintonizados agora, trocando as nossas experiências e a nossa vontade de aprender, de chegar mais perto do Mistério de Deus.

Então aquela manhã foi muito proveitosa para mim e para o Xim.

Falamos de coisas bonitas da natureza, da amizade entre bichos e gente. Falamos também de algumas coisas tristes que alguns homens fazem contra a natureza. E falamos sobre as meninas, sobre a nossa vida boa aqui.

E, para agradar ao Xim, que agora eu sei que é meu amigo, eu disse uma quadrinha, juntando os nossos dois nomes:

> Eu não me chamo Nico,
> meu nome doce é Tuim;
> bicho não é trapo ou trico;
> você ama a Dinha, é o Xim.

Ele achou muita graça.

Aí as meninas chegaram da feira e tudo virou bagunça, com o Joe querendo subir também na minha janela. Quando falo bagunça, quero dizer bagunça boa, porque todos aqui se amam.